اگلے دن صبح ہی صبح شکاری جاگ گیا اور
سیدھا دوسرے کمرے میں پہنچا۔
وہاں اُس کو بطخ ملی جو دھیمی آواز
میں گا رہی تھی۔ اور اُس کے قریب ہی
ایک بہت بڑی چمکدار انڈے کی شکل کی
چیز پڑی تھی!

Early, the next morning the huntsman woke up
and rushed into the other room. There he found
the goose, quietly singing to herself. And next to
her was a large, glittering egg-shaped thing!

سونے کے انڈے دینے والی بطخ

The Go[illegible]se that laid the Golden Egg

S[illegible]n Chatto ❖ Illustrated by Jago

Urdu translation
Qamar Zamani

Mantra Lingua

ایک زمانے میں ایک شکاری تھا جو ایک بہت گھنے جنگل میں رہتا تھا۔ اُس کی بیوی کا انتقال ہو چکا تھا
اور اُس کی اپنی ضرورتیں بھی بہت کم تھیں۔ وہ جو کچھ بھی شکار کرتا اُس کو پکا لیتا۔ ایک خرگوش،
ایک چوہا یا کسی خاص دن خوش قسمتی سے ایک لمبی دُم والا پرندہ دُراج۔
جب اُس کو شکار نہیں ملتا تو اُس دن وہ ترکاریوں کا شوربہ پی لیتا۔
ایک دن اُس کو ایک بطخ ملی جو اُس کی جھونپڑی کے آس پاس گھوم رہی تھی۔
اُس نے اِدھر اُدھر دوڑ کر اُس کا پیچھا کیا یہاں تک کہ اُس کو پکڑ لیا۔ پھر اُس نے بطخ
کو اُٹھا کر ایک کمرے میں بند کر دیا اور اپنی کھانا پکانے کی ترکیبوں والی کتاب میں کوئی مناسب ترکیب ڈھونڈنے لگا۔
لیکن اُس شام دوڑ دھوپ سے وہ تھک گیا تھا لہذا اُس کو نیند آ گئی۔

Once, there was a huntsman who lived deep in a forest. He was a widower and his needs were few. He would cook whatever he found – a hare, a mouse and on special days, if he was very lucky, even a pheasant. When he didn't catch anything, he had vegetable soup.
One day the huntsman found a goose wandering around outside his cottage. He chased the goose, here and there, until he finally caught her.
The huntsman bundled the goose into a room and then searched through his cookbook for a suitable recipe.
But all the running around had made him tired and he soon fell fast asleep.

شکاری نے اُس کو اُٹھالیا۔ وہ بہت بھاری تھی اور عام انڈے کی طرح بالکل نہیں تھی۔
اُس نے اُس کو ہلایا لیکن کوئی آواز نہ آئی۔ ظاہر ہے وہ اِس انڈے کو کھا تو نہیں سکتا تھا کیونکہ اُس کا سخت
اور چمکدار باہری خول توڑنا ناممکن تھا۔ اُس کی سمجھ میں نہیں آرہا تھا کہ کیا کرے!

The huntsman picked it up. It was very heavy and did not feel like an ordinary egg. He shook it, but it didn't make a sound. He certainly couldn't eat it as there was no way he could crack the shiny hard shell. He just didn't know what to do!

اُس سہ پہر شکاری نے شہر کا سفر کیا تا کہ اپنے دوست سے مدد مانگ سکے۔ اُس کے دوست نے انڈے میں انگلی چبھوئی
اور اُس کو کچو کے دیئے۔ ”یہ تو۔۔۔یہ تو خالص سونے کا بنا ہوا ہے!“ وہ حیرت سے چلّایا۔
لہذا دونوں دوست اُس کو سُنار کے پاس لے گئے جو اُس سونے کے انڈے کو دیکھ کر حیران ہوگئی!
اُس نے شکاری کو بہت اچھی قیمت دی۔ دونوں دوست وہاں سے چل دیئے۔ اُنہوں نے رقم کو گِنا اور
پھر ایک بہت اچھی سرائے میں بیٹھ کر دعوت اُڑائی۔

That afternoon, the huntsman journeyed to the town to ask his friend for help. His friend poked and prodded the egg-shaped thing. “It’s - it’s made of solid gold!” he cried in amazement.
So the two friends carried it to the jeweller who was astonished to see a golden egg!
She gave the huntsman a lot of money for it.
The friends went away, very happy. They counted out the money and then they had a feast at the local inn.

اَب ہر صبح شکاری اُس کمرے کی طرف بھاگتا جہاں بطخ رہتی تھی۔
اور ہر صبح اُس کو بطخ دھیمے سُروں میں گاتی ہوئی ملتی اور
اُس کے برابر ایک بڑا سا سونے کا انڈہ ہوتا!
وہ سُنار کی دُکان پر یہ انڈے بیچ کر امیر ہو گیا
اور زیورات کی دُکان والی بھی دولتمند ہو گئی!
شکاری نے اپنے لئے ایک نہات آرام دہ پلنگ خریدا۔
اُس نے ایک زیادہ گنجائش والا نعمت خانہ خریدا جس میں
بہت سی مزیدار کھانے کی چیزیں رکھ سکتا تھا۔
اُس نے ایک وائلن بھی خریدا کیونکہ اَب اُس کے پاس وقت
ہی وقت تھا اور اَب اُسے شکار پر جانے کی بالکل ضرورت نہیں تھی۔

Now each morning the huntsman rushed to the room where he kept the goose. And every morning he found the goose singing quietly to herself - and a large golden egg!
He became rich selling the eggs to the jeweller who also became wealthy!
The huntsman treated himself to a large comfortable bed. He got a bigger larder which he stocked with lots of delicious food. He also bought a violin, as he had lots of time on his hands, and he didn't need to go hunting anymore.

لیکن بہت سے لوگوں کی طرح شکاری بھی اتنی دولت سے مطمئن نہیں تھا۔

وہ لالچی ہو گیا اور زیادہ سے زیادہ چیزوں کی خواہش کرنے لگا۔ اَب وہ بے حد بے صبرا ہو گیا تھا اور روزانہ صرف ایک انڈہ نہیں چاہتا تھا۔ وہ ایک دم ہی تمام انڈے حاصل کرنے کے لئے بیتاب ہو گیا!!

لہذا شکاری نے ایک منصوبہ بنایا۔ اُس نے بطخ کو اپنے باورچی خانے میں آنے کی ترغیب دی تا کہ دونوں مل کر ایک گانا گائیں۔ بطخ خوشی سے پھولی نہ سمائی۔

لیکن جیسے ہی اُس نے اپنا منہ کھولا۔۔۔

But, like many people, the huntsman wasn't happy with what he had. He became greedy, and wanted more and more things.

He became impatient, and didn't want just one egg a day – he wanted them all in one go!!

So the huntsman thought of a plan. He invited the goose into his kitchen to sing a song together.

The goose was delighted!

But as soon as she opened her mouth ...

"چوپ!"

شکاری نے بطخ کو مار ڈالا۔ اُس نے فوراً اُس کا پیٹ چیرا اِس اُمید میں کہ اندر بہت سے سنہرے انڈے نکلیں گے۔

لیکن جب اُس نے اندر نظر ڈالی تو اُس کو کچھ نہیں ملا۔ علاوہ ۔۔۔۔ اِس کے اندرونی اعضاء کے!

وہاں سونے کے انڈے نہیں تھے!

شکاری مایوس ہو کر بیٹھ گیا اور رو کر کہنے لگا۔ "ہائے میں نے اپنی سونے کے انڈے دینے والی بطخ کو کیوں مار ڈالا؟"

CHOP!
The huntsman killed the goose.
He quickly cut her open, expecting to find many more golden eggs.
But when he looked inside he found nothing, nothing but – her insides!
There were no golden eggs!
The huntsman sat down and wept, "Oh why have I killed the goose that laid the golden eggs?"

Feelings

In *The Goose that Laid the Golden Egg,* the characters go through many different emotions as the story progresses. Think back to what happened in the story – can you work out which pictures below represent which emotion? Why not try retelling the story from the perspective of each character, using the thoughts and feelings that particular character might be experiencing.

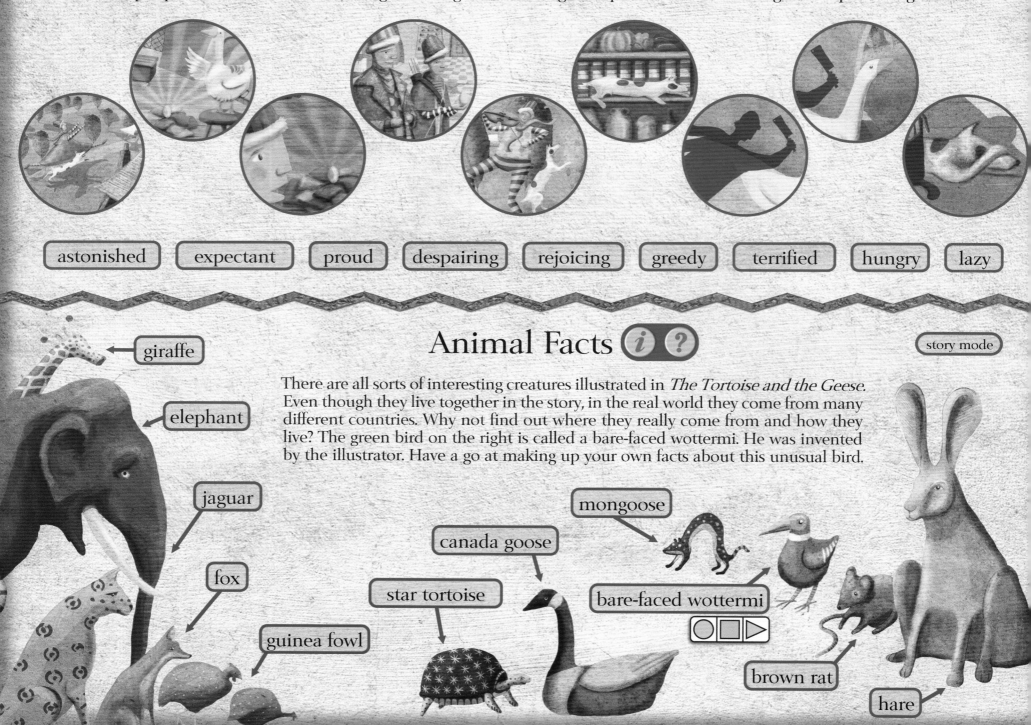

astonished   expectant   proud   despairing   rejoicing   greedy   terrified   hungry   lazy

Animal Facts

story mode

giraffe

elephant

There are all sorts of interesting creatures illustrated in *The Tortoise and the Geese.* Even though they live together in the story, in the real world they come from many different countries. Why not find out where they really come from and how they live? The green bird on the right is called a bare-faced wottermi. He was invented by the illustrator. Have a go at making up your own facts about this unusual bird.

jaguar

mongoose

fox

canada goose

guinea fowl

star tortoise

bare-faced wottermi

brown rat

hare

کچھوا اور بطخیں

The Tortoise and the Geese

جہاں تک کسی کی یاداشت کام کرسکتی ہے، یہ کچھوا تالاب کے کنارے ہی رہتا آیا تھا۔
ہر صبح وہ ایک بڑ کے درخت کی چھاؤں میں بیٹھ کر کسی نہ کسی جمگھٹے کو اپنی بے سروپا کہانیاں سُناتا
نظر آ سکتا تھا جو زیادہ تر اُس کے اپنے متعلق ہوتی تھیں۔
کچھوے کو دوسرے جانوروں کی باتیں سننے کا بالکل شوق نہیں تھا اور اِسی لئے دوسرے
جانوروں نے جلد ہی اُس سے کترانا شروع کردیا۔ لیکن اُس سے کچھوئے کی باتیں نہیں رُک سکیں۔
وہ ہر روز وہاں بیٹھ کر ایک خیالی مجمع کو اپنی کہانیاں اور لطیفے سُناتا رہا۔
دوسرے جانوروں نے یہ سب دیکھا اور بولے ''بیچارا! بالکل ہی پاگل ہے!''

For as long as anyone could remember, the tortoise had lived by the pond. Every morning he could be found in the shade of the willow tree, telling long rambling stories, mostly about himself.
The tortoise never had any time to listen to the other animals and they soon began to avoid him. This didn't stop the tortoise from talking. Every day he would sit telling stories and jokes to an imaginary crowd.
The other animals saw this and said, “Poor thing! He's quite mad!”

اُس خزاں کے موسم میں ایک نوجوان بطخوں کا جوڑا تالاب کے کنارے اُترا اور اُس نے کچھوے کو اپنے آپ سے باتیں کرتے ہوئے دیکھا۔
''آداب دادا جان!'' اُنہوں نے ایک آواز میں کہا۔

اُداس آنکھوں سے کچھوے نے پلٹ کر اُنہیں دیکھا ''ہیلو'' اُس نے اپنی گونج دار آواز میں کہا۔ ''اور تم کون ہو؟''

''ہم دونوں بطخے بھائی ہیں'' اُنہوں نے جواب دیا۔

That autumn, a pair of young geese landed on the pond, where they saw the tortoise talking to himself. “Hi Granddad!” they chorused.
The tortoise turned and looked at them with woeful eyes. “Hello,” he rumbled in his deep voice. “And who are you?”
“We are the Geese Brothers,” they replied.

کچھ ہی دنوں میں وہ تینوں اچھے دوست بن گئے اور اکثر ساتھ ساتھ تالاب میں تیرتے ہوئے نظر آتے تھے۔

Within a few days, the three became good friends and were often seen swimming together on the pond.

لیکن جلد ہی وہ وقت آگیا جب بطخوں کو اپنے گھر واپس جانا تھا اور وہ کچھوے کو خدا حافظ کہنے کے لئے آئے۔

''مہربانی کرکے مجھے اپنے ساتھ لے چلو'' کچھوے نے خوشامد سے کہا۔

''لیکن آپ تو اُڑ نہیں سکتے داداجان!'' بطخوں نے حیرت سے کہا۔

''میرے پاس ایک نہایت اچھوتی ترکیب ہے'' کچھوے نے سرگوشی سے کہا۔ ''اگر تم دونوں لکڑی کے اِس ٹکڑے کو اپنے پنجوں میں پکڑ لو تو میں اُس کو اپنے منہ میں دبالوں گا۔ اور جب تم اُڑو گے تو مجھے بھی اپنے ساتھ لیکر جاؤ گے!''

''کتنی عمدہ ترکیب ہے'' بطخے بھائیوں نے کہا۔

But all too soon it was time for the geese to return home, and they came to say goodbye to the tortoise.
"Please take me with you," pleaded the tortoise.
"But you can't fly, Granddad!" replied the amazed geese.
"I have a cunning plan," whispered the tortoise. "If the two of you can hold this piece of wood, I shall hang onto it with my mouth. When you fly off, you will be carrying me too!"
"What a clever plan," said the Geese Brothers.

اُن کے رُخصت کے دن کی افواہ سب تک پہنچ چکی گئی تھی
اِس لئے تمام جانور خدا حافظ کہنے کے لئے جمع ہو گئے۔
وہ تھوڑے سے اُداس بھی تھے آخر کچھوا ہمیشہ ہمیشہ سے
اُن کے ساتھ ہی رہا تھا۔

On the day of departure, word had spread and all
the animals gathered to say goodbye. They were a
little bit sad. After all, the tortoise had lived there
for EVER.

بطخے بھائیوں نے لکڑی کے ٹکڑے کو اپنے پنجوں میں پکڑ لیا۔
اور کچھوے نے اُس کو مضبوطی سے اپنے منہ میں جکڑ لیا۔
زبردست شائیں شائیں کی آواز کے ساتھ بطخے بھائی آسمان کی طرف اُڑ گئے۔ کچھوا لکڑی کے ساتھ لٹک رہا تھا۔
دوسرے جانوروں نے جب یہ عجیب منظر دیکھا تو اُن کے منہ حیرت سے کھُلے رہ گئے!

The Geese Brothers held the piece of wood with their feet. The tortoise gripped it firmly in his mouth. With a whoosh the Geese Brothers flew up into the sky, with the tortoise dangling from the wood. The other animals gasped as they saw this amazing sight!

اَب تینوں درختوں سے بھرے ہرے کھیتوں کے اُوپر سے اور اُن جھیلوں کی سطح پر سے گزر رہے
تھے جن پر بادبانی کشتیاں ہوا کی مدد سے تیر رہی تھیں۔ وہ گھنے جنگلوں اور بلند و بالا پہاڑوں کے اُوپر سے گزرے۔
کچھوا کبھی باہر کی دنیا میں نہیں آیا تھا اِس لئے ہر چیز کو انتہائی حیرت سے دیکھ رہا تھا۔
اِس اتنی بڑی دنیا میں دیکھنے کے لئے کتنی حیرت انگیز چیزیں ہیں!
وہ بہت خوش تھا کہ اُس کی اچھوتی ترکیب اتنی کامیاب ہوگئی تھی۔

The trio were soon flying over green fields dotted with trees, and lakes where sailboats glided gently in the wind. They flew over dark forests and high mountains. The tortoise had never been abroad and he watched in amazement. What a large and wonderful world there was to see! He felt quite pleased that his little plan had worked so well.

کچھ دیر کے بعد وہ ایک بڑے شہر کے اُوپر سے گزرے۔

چند بچے پارک میں کھیل رہے تھے. اُنھوں نے اُوپر دیکھا اور حیرت سے بولے ''امّی دیکھئے۔ ایک اُڑنے والا کچھوا!''

''چُپ کرو۔۔۔'' ماں نے کہنا شروع کیا لیکن اُس نے بھی اُڑنے والا کچھوا دیکھا اور اُس کا منہ کھُلا کا کھُلا رہ گیا۔

جلد ہی دوسرے لوگ بھی وہاں پہنچ گئے اور ایک بھیڑ جمع ہوگئی. سب آسمان کی طرف اشارہ کرتے ہوئے تالیاں

بجا بجا کر داد دے رہے تھے۔

After a while they flew over a large city.
Some children playing in a park looked up and gasped, “Look Mum – a flying tortoise!”
“Hush dear...” the mother started to say, and then she too saw the flying tortoise and her jaw dropped.
Soon others joined them and a crowd gathered, all pointing to the sky, clapping and cheering.

کچھوے نے نیچے ہونے والا غُل غپاڑہ سُنا اور لوگوں کو اپنی طرف اُنگلی سے اشارہ کرتے ہوئے دیکھا۔ کچھوا ذرا ناراض ہو گیا۔ اُس کو محسوس ہوا کہ وہ لوگ اُس کا مذاق اُڑا رہے ہیں اور سوچا کہ اُن کو بتانا چاہئے کہ وہ کیا سوچ رہا ہے۔

The tortoise heard the hullabaloo down below and saw the people pointing their fingers in his direction. The tortoise felt annoyed. He thought they were making fun of him and so he decided to tell them what he thought.

کچھوے نے اپنا منہ کھولا ۔۔۔
لکڑی اُس کے منہ سے چھوٹ گئی ۔۔۔
اور وہ گر گیا!

The tortoise opened his mouth ...
lost his grip ... and fell!

''مدد.مدد!'' وہ چلّایا اور
زمین کی طرف تیزی سے لُڑھکنے لگا۔

"Heelpp!" he screamed, as he
hurtled through the air.

کچھوا بھد سے ایک بڑی پتوں بھری جھاڑی پر گر گیا جہاں ایک خوگوش دو پہر کو قیلولہ کر رہا تھا۔

''تم ابھی مجھے مار ڈالتے!'' حیران. پریشان خرگوش چیخا۔

''میں تمہیں مار ڈالتا؟ تمہارا کیا مطلب ہے میں تمہیں مار ڈالتا۔۔۔؟'' کچھوا جواب میں چیخا۔

لیکن پھر اُس نے اپنے آپ کو روکا اور سوچنے لگا۔۔۔

The tortoise landed heavily on a large leafy bush where a hare was having his afternoon siesta.
“You could have killed me!” screamed the startled hare.
“Killed you? What do you mean killed *you* ...?” the tortoise shouted back.
Then he stopped, and he thought ...

اور جب اُس نے دوبارہ اپنا منہ کھولا تو نہایت نرمی سے کہنے لگا ”مجھے بہت افسوس ہے خرگوش صاحب۔
کبھی کبھی میں بغیر سوچے سمجھے بات کرتا ہوں اور اِسی وجہ سے میں آپ کے اُوپر گر گیا۔“

And when he next opened his mouth, he spoke softly, “I’m sorry Mr Hare, sometimes I talk without thinking and that’s why I landed on you.”

"آخر ہوا کیا؟" خرگوش نے پوچھا۔
"دراصل یہ ایک لمبی کہانی ہے" کچھوا بولا
"لیکن اگر آپ واقعی جاننا چاہتے ہیں تو میں
بہت خوشی سے آپ کو بتاؤں گا۔"

"What happened?" asked the hare.
"Well, that's a long story," said the tortoise, "but if you *really*
want to know, I will be happy to tell you."

Tell your own Goose Fable!

The Goose that Laid the Golden Egg

The Tortoise and the Geese